Raṣīf

mar que arrebenta

Marcelino Freire

Raṣīf

mar que arrebenta

Gravuras

Manu Maltez

3ª edição

E D I T O R A R E C O R D
RIO DE JANEIRO • SÃO PAULO
2025

CIP-BRASIL. CATALOGAÇÃO NA PUBLICAÇÃO
SINDICATO NACIONAL DOS EDITORES DE LIVROS, RJ

F934r Freire, Marcelino
3. ed. Raṣīf : mar que arrebenta / Marcelino Freire ; gravuras: Manu Maltez. - 3. ed. - Rio de Janeiro : Record, 2025.

ISBN 978-85-01-92396-7

1. Contos brasileiros. I. Maltez, Manu. II. Título.

25-96076 CDD: 869.3
CDU: 82-34(81)

Gabriela Faray Ferreira Lopes - Bibliotecária - CRB-7/6643

Gravuras de capa e miolo: Manu Maltez
Projeto gráfico de capa e miolo: Thereza Almeida

Texto revisado segundo o Acordo Ortográfico da Língua Portuguesa de 1990.

Direitos exclusivos desta edição reservados pela
EDITORA RECORD LTDA.
Rua Argentina, 171 – Rio de Janeiro, RJ – 20921-380 – Tel.: (21) 2585-2000.

Impresso no Brasil

ISBN 978-85-01-92396-7

recife. *s.m.* um ou mais rochedos no mar, à flor da água, ou perto da costa. do árabe **raṣīf**, terreno pavimentado com lajes, estrada pavimentada com rochedos.

pernambuco. *s.m.* do tupi-guarani *paranã-puca*, que significa "onde o mar se arrebenta".

Urubu come carniça
E voa.

Miró da Muribeca

Estava na beira da praia
ouvindo as pancadas
das ondas do mar.

Lia de Itamaracá

Para

Asfora, Benuthe,
Hatoum, Nassar
e Nazarian.

Também para
Salomão e Snege.

Cirandas, cirandinhas

Apresentação

EXPLOSÕES

Nos círculos literários, nas rodas de samba, são comuns os comentários sobre a importância de Marcelino Freire como agitador cultural, sobre os eventos que promove, os autores que divulga. E, algumas vezes, quase se esquece dele próprio como autor, de seus contos, personagens e frases. Quase...

Eu, vira e mexe, me lembro de seus livros anteriores: uma bicha nostálgica aqui, uma criança abandonada lá, um casal de múmias e um bando de filhos da puta "cuspindo chute para todo lado".

E é a persistência desses personagens e frases que prova, de fato: Marcelino é um autor que permanece. E precisa ser lido agora, neste volume, em voz alta, como ele faz tão bem.

Sua paixão por sons e palavras é o que torna a sua prosa tão próxima da poesia, do teatro (e que a faz tão difícil de ser traduzida para outras línguas, diriam os preguiçosos). Mas não podemos deixar de lado seu talento como contador de histórias, seu olhar agudo para os miseráveis, para os abençoados.

Neste **Raşīf - Mar que arrebenta** temos os terroristas inflamados, o homem-bomba e uma nova bicha nostálgica (vide o conto-canto que fecha o livro, intitulado "O futuro que me espera"). Temos a travesti em silêncio, o poeta sem pai, o Papai Noel ameaçado. Histórias que lidam com finais dos tempos particulares, com o apocalipse dos dias atuais, a guerra cotidiana — tudo sublinhado e sublimado por uma beleza lírica, onírica, melancólica e, por vezes, divertida, com um humor satírico e sarcástico. São narrativas de amor cruel e de ódio apaixonado. Prosa para detonar barreiras
e alargar fronteiras.

"Amor é a mordida de um cachorro pitbull", é o pentelho deixado numa roupa suja, é tiro no coração. E por aí vamos. Com essas frases e sentimentos, me peguei revivendo, logo depois da leitura, os contos de **Raşīf.** Contos para serem guardados com cuidado, arquivados.

Porque, mais cedo ou mais tarde, eles explodem novamente em nossa cabeça.

Coroando ainda mais a edição, estão as gravuras de Manu Maltez, outro artista de belezas estranhas, incomuns equilíbrios.

Marcelino Freire precisa ser lido agora — mais uma vez e neste instante — em voz alta. Deixe o samba para outra hora. Penetre nessas novas rodas. Como ele bem diz, numa frase que já eterniza este livro: "Tudo em mim é bailarino."

Santiago Nazarian
2008

Rașif

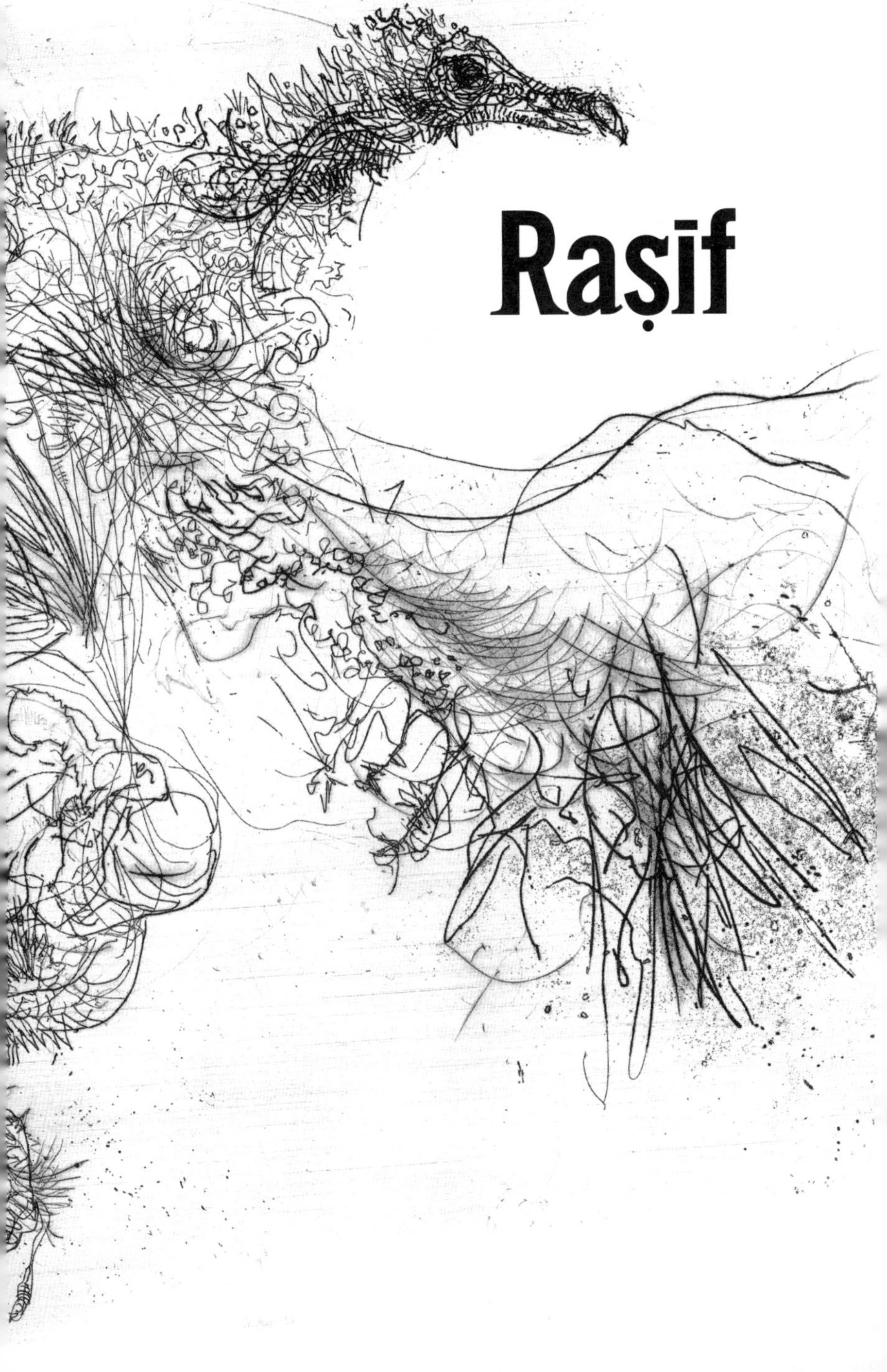

PARA IEMANJÁ

Oferenda não é essa perna de sofá.
Essa marca de pneu. Esse óleo. Esse breu.
Peixes entulhados. Assassinados. Minha Rainha.

Não são oferenda essas latas e caixas.
Esses restos de navio. Baleias encalhadas.
Pinguins tupiniquins. Mortos e afins.
Minha Rainha.

Não fui eu quem lançou ao mar essas
garrafas de Coca. Essas flores de bosta.
Não mijei na tua praia. Juro que não fui eu.
Minha Rainha.

Oferenda não são os crioulos da Guiné.
Os negros de Cuba. Na luta. Cruzando a nado.
Caçados e fisgados. Náufragos. Minha Rainha.

Não são para o teu altar essas lanchas
e iates. Esses transatlânticos. Submarinos de
guerra. Ilhas de Ozônio. Minha Rainha.

Oferenda não é essa maré de merda.
Esse tempo doente. Deriva e degelo.

Neste dia dois de fevereiro. Peço perdão. Minha Rainha.

Se a minha esperança é um grão de sal. Espuma de sabão. Nenhuma terra à vista. Neste oceano de medo. Nada. Minha Rainha.

DA PAZ

Eu não sou da paz.

Não sou mesmo não. Não sou. Paz é coisa de rico. Não visto camiseta nenhuma não, senhor. Não solto pomba nenhuma não, senhor. Não venha me pedir para eu chorar mais. Secou. A paz é uma desgraça.

Uma desgraça.

Carregar essa rosa. Boba na mão. Nada a ver. Vou não. Não vou fazer essa cara. Chapada. Não vou rezar. Eu é que não vou tomar a praça. Nessa multidão. A paz não resolve nada. A paz marcha. Para onde marcha? A paz fica bonita na televisão. Viu aquela atriz? No trio elétrico, aquele ator?

Se quiser, vá você, diacho. Eu é que não vou. Atirar uma lágrima. A paz é muito organizada. Muito certinha, tadinha. A paz tem hora marcada. Vem governador participar. E prefeito. E senador. E até jogador. Vou não.

Não vou.

A paz é perda de tempo.

E o tanto que eu tenho para fazer hoje. Arroz e feijão. Arroz e feijão. Sem contar a costura. Meu juízo não está bom. A paz me deixa doente. Sabe como é? Sem disposição. Sinto muito. Sinto. A paz não vai estragar o meu domingo.

A paz nunca vem aqui no pedaço. Reparou? Fica lá. Está vendo? Um bando de gente. Dentro dessa fila demente. A paz é muito chata. A paz é uma bosta. Não fede nem cheira. A paz parece brincadeira. A paz é coisa de criança. Taí uma coisa que eu não gosto: esperança. A paz é muito falsa. A paz é uma senhora. Que nunca olhou na minha cara. Sabe a madame?
A paz não mora no meu tanque. A paz é muito branca. A paz é pálida. A paz precisa de sangue.

Já disse. Não quero. Não vou a nenhum passeio. A nenhuma passeata. Não saio. Não movo uma palha. Nem morta. Nem que a paz venha aqui bater na minha porta. Eu não abro. Eu não deixo entrar. A paz está proibida. Proibida. A paz só aparece nessas horas. Em que a guerra é transferida. Viu? Agora é que a cidade se organiza. Para salvar a pele de quem? A minha é que não é. Rezar nesse inferno eu já rezo. Amém. Eu é que não vou acompanhar andor de ninguém. Não vou.

Não vou.

Sabe de uma coisa: eles que se lasquem.

É.

Eles que caminhem. A tarde inteira. Porque eu já cansei. Eu não tenho mais paciência. Não tenho. A paz parece que está rindo de mim. Reparou? Com todos os terços. Com todos os nervos. Dentes estridentes. Reparou? Vou fazer mais o quê, hein?

Hein?

Quem vai ressuscitar meu filho, o Joaquim? Eu é que não vou levar a foto do menino para ficar exibindo lá embaixo. Carregando na avenida a minha ferida. Marchar não vou, muito menos ao lado de polícia. Toda vez que vejo a foto do Joaquim dá um nó. Uma saudade. Sabe? Uma dor na vista. Um cisco no peito. Sem fim. Uma dor.

Dor. Dor. Dor.

Dor.

A minha vontade é sair gritando. Urrando. Soltando tiro. Juro. Meu Jesus! Matando todo mundo. É. Todo mundo. Eu matava todo mundo, pode ter certeza. Mas a paz é que é culpada. Sabe?

A paz é que não deixa.

O MEU HOMEM-BOMBA

Vi o meu amor pelos ares.

Em Moab, sei lá. Ali-Babá, Cazaquistão. Couro de pele o coração. Ismael, filho de Abrahão, neto de Abimelec. A saber: fui eu fazer turismo e deu no que deu. Pegamos o mesmo ônibus. Há dias pegávamos o mesmo ônibus. Reparei nele: aquele olho negro. Escuridão ao sol. Nós dois na mesma direção.

Eu sou muito rápido para me apaixonar, Meu Senhor. Deste novo amor, o que será? Meu homem em Gessen, Moab. Esquece. Coração suando frio. Confusão essa minha língua sem razão. Tudo uma explosão. Isso mesmo, inacreditavelmente. Uma praga que aconteceu de repente. Como uma peste de dilúvio, uma assombração. Meu Cristo. Jesus. Sim, sou eu mesmo, filho de Abrahão pela serva de Agar.

Fui fazer turismo e deu no que deu. O amor da minha vida raspou em mim, feito um sorriso de fogo. Tudo para fugir da tentação do verão, escolhi a rota mais sagrada. Sou um pederasta europeu em desgraça. Que a minha alma fosse salva, finalmente. Subisse ao céu como uma madalena. Uma pomba arrependida. Acredita?

Fiz tanta besteira em tudo que é praça. Viajei para Cuba e para o Brasil. Fui ao Rio.
Fiz cruzeiro pelo Caribe. Faltava-me pecar
em Terra Santa. Na Terra de Sinar.

Cheio de esperança vi uma tribo de querubim. No ônibus, meus olhos ao lado dos seus olhos. Pretos oceanos. Alojados como uma febre, a mesma que matou Cananeu.

Por que Deus não me ensinou a evitar,
Meu Deus? Agonia desse tamanho?
Além de Jerusalém. Volto a explicar.

Sentamos juntos no mesmo ônibus. E eu que não consigo contar como aconteceu milagre assim. Homem de Ramataim, filho de Jeroam. No mesmo assento em que Matusalém viveria por cem anos ou quinhentos. Meu amor viveria ali. Para morrer e matar.

Onde o Criador descansaria seu último descanso. Amor-relâmpago. Ficamos ele e eu ombro no ombro. Encostados à janela. Eu lembro. Os dois, suspeitosamente. Calores quentes. Pode crer.

Lançava o meu olhar para ele, junto à janela, como se estivesse a admirar o céu da Canineia, que alegria. Turisticamente o rio Jordão. As águas de Meriba. Olha ali a estátua de Davi. Mas o homem não me ouvia. Talvez tímido. Parecia rezar. Comecei a conjugar verbos e a pensar: em paz.

Meu rapaz. Indica-me, amor de minha vida: onde agora pastoreias? Onde fazes repousar teu rebanho ao meio-dia? Não estranhes a minha cor. Branco eu sou nesse sol de fim de mundo. Apocalíptico.

Como era bonito aquele Anjo do Senhor. Escolhido na tribo de Zabulon. Maravilha de outro tempo. Uma graça. Não é invenção do meu esquecimento.

Lembro: o ônibus quase chegando à praça de Admá. Precisaria fazer alguma coisa porque já, já eu desceria. Qualquer palavra. Tocar a sua perna. Ereta. Antes que a vida continuasse essa tragédia. Essa guerra sem trégua.

Tudo que, em um toque, poderia ser diferente. Eu bem que merecia um pomar de romãzeiras.

Uma salvação, qualquer que seja. Mais uma vez explico: quando entrei no ônibus procurei o melhor canto. A gente procura o melhor lugar para viajar o nosso sonho. A caminho da morte incerta. Amém. Meu bem. Por que não morri? Morreria com ele. Se eu soubesse não teria descido. Do veículo. Dos céus. Ao lado dele, explodido. Dentro dos ferros estaria ali. Para sempre.

O meu amor retorcido.

WE SPEAK ENGLISH

Tudo aqui é Ali. Cá, khalifa. Abdullah. Yazid,
Ibrahim, Bagdá. Quem diria? Esta invasão.
Você vai ao cinema, pluga a televisão:
Al-Jazira, Muhammad. Ja'far, Muzta'sim, Abu.
My God, the end, é o fim. Nenhuma nação
se ergue assim. Nesta língua sem trégua.
Em tudo que é lugar: Saddidas' Hotel,
Shopping Center Al-Qaida.
Sírio, palestino. Paquistanês. Ninguém
fala mais inglês? Estamos perdidos.
My Maomé, pois é. Como pode? Meu Cristo,
Alá! As crianças no computer. Abd. Amr. Jedá. Xá.
Paxá. Isso quando não tiram férias. Disneylândia,
nem pensar. Cisjordânia. Comprar bonecos
Sadam. HQ Ali-Babá.
Jedi, não. Jedá.
Help, xarifes. Estamos fritos. Feito kibes.
Tudo agora é Meca. Esfirra. Mesquitas. Cadê o
Papa que não nos ajuda? Brother, meu irmão.

Salve-nos dos profetas. Das palavras dos poetas. Rawi. Laid, Zuhayr. Livre-nos, enfim, do Corão.

E os nomes, então? Não temos mais Michael, Peter. John, Washington, Daniel, Jack. O que tem de gente hoje, ave! Assinando Salé, Sharon! Murad, Mehmed! Isso quando não misturam: Mary Basri Asbura, Henry Bin Obama, Robert Banana al-Banna.

Speak-me você. Fale-me. Por acaso o Afeganistão é here? Agora Marrocos? Egito? Líbia? Síria? Turquia? Tunísia?

Chega de Al-Mim. Al-Assad, Al-Allama. Precisamos fazer alguma coisa. OK? All right?

Em que mundo vão crescer as nossas crianças?

MARACABUL

Toda criança quer um revólver.

Toda criança quer um revólver para brincar. Matar os amigos e correr. Matar os apaches e os ETs. Matar gente ruim.

O medo, aqui, é de brinquedo, pode crer.

Pá-pá-pá.

Gostoso roubar e sumir pelos buracos do barraco. Pelo rio e pela lama. Gritar um assalto, um assalto, um assalto. Cercado de PM por todos os lados. Ilhado na Ilha do Maruim.
Na boca do guaiamum.

Papai Noel vai entender o meu pedido. Quero um revólver comprido, de cano longo.

Socorro!

Socorro!

Ponho a boca do revólver na boca do garoto. Atiro se o outro garoto atirar. Pode tremer que eu não ligo. Chore se quiser chorar.

Eu sou um perigo.

Minha mãe fez frango. Tinha panetone. E o que mais tinha? Salgadinho. Mas não quero saber de tomar banho.

A gente se enrola na ribanceira. A gente se joga na brincadeira. A gente fica deste tamanho.

Quando eu crescer eu quero matar, quem disse que eu quero morrer?

O Recife fica lá embaixo. Daqui a gente vê. As luzes do porto. O navio ancorado. Os homens soltando rojão.

Tiros de canhão.

O banho, você precisa tomar banho. É Natal. Papai Noel daqui a pouco chegará. Trará a arma. Nova, calibrada. De meter medo. Que tal uma pistola automática?

Meu amigo acha que o melhor é um fuzil. Uma dúzia de granadas.

Nada.

Quero um revólver e só. Que estoure os miolos. Fuzile bem nos olhos. E pronto.

Acerte o peito dos outros meninos. A espinha. Para eles ficarem paraplégicos, tetraplégicos. Arrastarem a perna feito aquele rato, aquele gato. Feito aquela onda. Na praia, quando se levanta.

Mamãe me chama, diz que está na hora.

A janta já está posta.

Coloco a cara na torneira. E a água leva a areia. E esfria o sangue. E os meninos, cada um treinado para atacar agora o refrigerante.
Em bando. Atacar o panetone.

O quê?

Panetone.

Quem sair vivo do confronto, já pra cama.

Fico aguardando o presente. De repente, Papai Noel pode chegar enquanto eu estiver dormindo.

E sonhando.

Mamãe, este ano eu fui um bom menino, mas o ano que vem eu quero ficar rico. E ter um carro-forte, um carro do ano.

Juro que não estou brincando.

Minha vida de bandido só está começando.

Isso se Papai Noel não chegar atirando.

MEU ÚLTIMO NATAL

Aí o Leco resolveu matar o Papai Noel. De verdade. Dar uma pedrada na cabeça dele assim que ele chegasse. Não pela chaminé, que não havia. Pela janela do barraco. Aquela encruzilhada de esgoto. Como viria? Voando?

Leco ficou esperando. O olho grudado no alto. Apertando o pedaço de paralelepípedo. Também trouxe uma faca, caso fosse preciso. Ou se o velho gordo revidasse. E gritasse. Eu disse para o Leco. Papai Noel não grita. Faz só *ho, ho, ho*. Leco riu, meio apressado. E me disse que Papai Noel era rico. Eu disse que não era. Leco disse que era. Papai Noel era dono de uma fábrica. E vinha de longe. De um país cheio de neve. País pobre não tem neve. E Papai Noel era gordo. Muito gordo. E sorria. Era um homem muito rico, sim. Por isso fazia *ho*.

Tudo começou porque a mãe do Leco falou que Papai Noel não traria a motoca. Era uma motoca muito cara. E outra: Leco nunca foi um bom menino. Xinga a mãe por qualquer coisa. Um dia, cuspiu na cara da vizinha. O máximo que ele poderia ganhar, adivinha. Uma bola. Velho pão-duro. No ano passado, trouxe uma boneca bem feia para a irmãzinha do Leco. Ele ficou revoltado. Para ele, um helicóptero torto. E o Leco não queria um helicóptero. Muito menos torto. Queria uma motoca. Grande. Uma que pisca-pisca. Vem até com capacete de polícia.

A mãe do Leco disse que Papai Noel não traria. Ele esperasse outro presente. Por isso o Leco resolveu ficar acordado. De olho na chegada do velho, de repente. Pela janela miúda. Quero ver só como ele vai entrar. Aí eu meto a pedra na cabeça dele. E a vassoura. O Leco também trouxe uma vassoura, foi. E um laço de corda. Eu perguntei: como você vai fazer? Leco não explicou.

Leco era um menino muito corajoso. Ficou ali, quietinho. Sem tremer. E chovia tanto àquela noite. Eu lembro: o medo era o barraco encher de lama. Como chegaria o Papai Noel, hein? Naquela água balofa? Outra coisa que o Leco falou e que eu achei um absurdo: que ele ia pegar o dinheiro do Papai Noel. Mas o Papai Noel não tem dinheiro, eu falei. Mas Leco disse que ele tinha. Umas moedas de ouro. Um tesouro. Eu não acreditei. Tudo que o Papai Noel tem é aquele saco vermelho, cheio de brinquedo. Mas Leco não quis saber. Todo mundo tem dinheiro. Ninguém faz nada de graça. A mãe do Leco vive dizendo. Nadinha. E foi isso o que o Leco me falou. Nadinha.

Ah! Mas Papai Noel é bem esperto. Ele fugiria dessa. E acho até que ele perdoaria o Leco. É, perdoaria. O Leco sempre foi, assim, meio doido.

Era quase meia-noite. Eu fiquei também acordadinho. Eu pedi uma camisa do Flamengo para o Papai Noel. Se ele não aparecesse, eu já sabia. Foi o Leco. Ele conseguiu. Eu só acho que o Leco exagerou um pouco.

Chuva, chuva.

Aquela chuva não parava. Sei não. Bastava um balancinho de vento e o Leco armava o pulo e a pedra. Feito aquele filme que o Leco viu.

Do menino que enfrentou, sozinho, dois bandidos no Natal. À noite, na TV, depois da novela. Haja porrada! Papai Noel é bem velhinho. Não vai aguentar. A polícia dos Estados Unidos vai nos pegar. Eu sou cúmplice. Eu acho que eu sou um terrorista, comecei a pensar. Encafifar.

Ho, ho, ho.

Tempo mais demorado.

Do outro lado, no fundo da cidade, tiros e jingobel. Leco já estava de olho zarolho quando ouviu uns passos. Barulho falso. Não era ninguém, não era. Era só uma risadinha vinda de algum lugar do céu. E olhe que o Leco ficou a madrugada toda de ouvido aberto. Bem aberto.

Até não aguentar. E dormir e a chuva parar. Ainda bem: desta vez o barraco não sofreu. A lama não subiu nas tábuas. A gente não afundou. Milagre mesmo, porque choveu muito. Muito e muito. Só quando o sol apareceu é que Leco se levantou.

Cadê?, perguntou. Nem sinal. Só a vassoura, a faca, a corda e a pedra de paralelepípedo. No peito, doído, um ódio que não tinha tamanho. Leco ficou uma fera. Parecia um demônio. Eu fui lá, cedinho, falar com ele.

Olha, Leco, a sua motoca.

Leco não acreditou. Papai Noel deixou lá em casa a sua motoca. Junto com a minha camisa do Flamengo. O Leco nunca ficou sabendo. Eu que avisei o Papai Noel. Foi, foi.

Do perigo que ele estava correndo.

JÚNIOR

Vamos lá em casa tomar um café, disse meu pai para a travesti. Café? É. Mas o cara não era casado, bem casado? E a tua mulher?

Um cafezinho rápido.

Meu pai apagou o cigarro e se animou. Puxou o trinco do quarto. Vamos embora deste hotel? Vamos? A travesti achou gozado, sacudiu o ombro elástico, como um sol que se repõe.

Chegaram.

A casa que a gente vivia era um sobrado. Meu pai entrou pela cozinha, sem fazer escândalo. Meio bêbado, aquele cheiro de cigarro molhado. Eu gosto dessas aventuras, disse meu pai. Desses perigos a mais.

Você é louco, pinel.

Demais.

Senta aí. Sentou. Meu pai foi colocar água para esquentar. E o sol também começou a borbulhar em algum lugar. E meu pai trouxe biscoitos. E pôs manteiga no prato. Perguntou se a travesti queria um pouco de ovo. Quero sim. O quê? Quero sim, obrigada. Não precisa falar baixo. Minha mulher dorme que nem uma pia quebrada. Hã? Essa pia está quebrada. Onde fica o banheiro? O banheiro? Eu acho que esse porra está me enganando. O quê? Ele não tem mulher nem nada. Vive sozinho.

Aí na sala, na primeira porta à direita, olha.

A travesti foi pisando alto. Equilibrando-se no salto. Como se a qualquer hora aparecesse a polícia e perguntasse: o que você, viado, está fazendo nesta casa? O cara me convidou para um café, ora, ora.

A travesti mijou, nem deu descarga. Olhou-se no primeiro espelho que encontrou.

Coragem, Magaly Sanchez, coragem.

Chega aí. Você tem uma foto? Uma foto da sua família? Sua mulher está viajando, é isso? Eu não acredito que ela não tenha ouvido a gente chegar. Relaxa, querida.

Aqui está. Uma xícara colorida e outra xícara colorida. O café até que estava cheiroso. Os biscoitos também. Que horas? Seis horas.

Com leite.

Esqueci de dizer que meu pai passou pela padaria, desceu e comprou, quentinhos, seis pãezinhos. A travesti ficou no carro, sem acreditar. Embora acreditasse: todo casal apaixonado deve começar o dia desse jeito. De alguma forma, brilhou uma alegria no seu peito. No peito da travesti, é claro. O cara deve estar gostando de mim.

Meu pai não deu mais nenhuma palavra, enfim. A travesti olhando a xícara e as migalhas. Correndo as unhas nas migalhas. Olhando o desenho dos pratos. Os pinguins desconfiados. Os panos dobrados. A travesti sem saber o que dizer. Não podia rir direito. Nem gargalhar. Nem gemer. Uma travesti em silêncio é a coisa mais triste que alguém já viu, puta que pariu. Quando a vida parece não ter fim.

Posso ir? Foi quando eu apareci e corri para o colo da travesti. Eu, de fraldinha. Devia ter uns dois, três anos, a coisa mais lindinha.

Mamãezinha.

Não esqueço, até hoje, os olhos que a travesti tinha.

ROUPA SUJA

Maria, nem sei por onde começar. A contar. A minha história de amor. Posso contar?

[Maria faz cara de alvejante]

Quando ele entrou na lavanderia, Maria, parecia propaganda de sabão. Tudo à minha volta ficou limpo, límpido, este mundo cão. "Pois não", eu disse. Cheiroso, ele nem olhou para o meu alvoroço. Nem sequer um pensamento. Leve. Ele, dentro de uma bolha. Eu, tão rastejante. Nada, a partir daquela manhã, foi a mesma coisa.

[Maria já esquenta o ferro de passar]

Meu trabalho desandou. Boiou, sei lá. Quase perdi o emprego. Amor, Maria, amor. Sabe o que é isso? Fragrância de flor.

[Maria vê a fumaça subir]

Comecei a usar blusinha curta. E a esperar. Toda sexta atrás de sexta. O meu homem chegar. Sem olhar para o meu perfume, apenas ordenar: "Para lavar, secar e passar." A barba mal aparada dentro dos óculos de marca. Escuro. Sua língua rosa. Juro: eu mordiscava.

[Maria já está com a unha das mãos nas cuecas fedidas]

Que nada, mulher! Nenhum aceno de verão. Inverno. Eu queria ele para meu marido, Maria, sério. Sabe galã de novela? Era o que era. A alma atlética dele. Miséria! Mulher como eu, sujinha e pobrinha, chance nenhuma. Nunquinha. Como ganhar na lotérica. Impossível! Mas a gente não deve desistir. Feito nódoa que a gente tira, com sacrifício. Ali, esfrega. Torce, bate na centrífuga. O nosso destino. Um dia muda de cor.

[Maria escuta pelo terceiro dia a mesma conversinha]

Foi aí que tive a ideia. Peguei o pentelho da sua cueca. Feito este, olhe. Não tenha nojo.

Pelo grosso, que eu levei para o Painho. "Eu quero este homem só para mim." E Painho falou: "Minha filha, ele será seu, sim." Meu orixá prometeu. E eu acreditei. Eu me agarrei nesta fé. Eu rodopiei e dancei, no batuque. Meu, só meu. Príncipe. E rei.

[Maria estica as gravatas magras]

E saiba você, amiga, que não fiquei só nisso. Pirei. Levei para minha casa sua samba-canção. E sambei. Vestido dentro do corpo dele o meu umbigo. Eu vesti. E senti entre as minhas coxas as suas coxas. E, Maria, jura que não conta? Assim: melequei a roupa do cliente. Múltiplos orgasmos, entende? Paixão que foi me deixando quente e doente. E ele nem aí. Veio, um dia, na lavanderia com a quenga. A namorada. "Painho, por que não tira do meu caminho essa desgraçada? Mata ela afogada na água sanitária?"

[Maria, filha de Oyá, nada fala com aquele alto barulho das máquinas]

Casal tão feliz na frente do meu nariz. Nunca. E quando casarem? E tiverem filhos ruivos e ricos, me diga. Sou eu quem vai lavar a bosta inteira da família? As fraldas do berço? Nem pensar. Algo teria de acontecer. Minha nova ideia foi perder dinheiro. Isso, Maria, dinheiro. Que eu não tinha. Fiz uma reservinha e, quando ele veio, paguei. "Encontrei no seu bolso. Cinquenta reais."

[Maria sacode os bolsos dos ternos vazios]

Cinquenta reais! Era só para ele ver quanto eu valia. Nadinha. E eu poderia encontrar tantos tesouros para ele. Ao inferno eu iria, juro. Ao cu do mundo. Dourado. Ele, espantado, agradeceu com um sorriso. Maria, Maria! Até hoje guardo na vista. Aquele primeiro sorriso, aberto. Um sol todo para mim. Banhando a natureza, enfim. Secando as almas chorosas. Essência de rosas, Maria. Essência de rosas. Daí por diante, melhorou um pouco. Ele já chegava e colocava os óculos no peito, tesudo. E batia o olhar no meu olho. E falava, um pouco mais felpudo: "Para lavar, secar e passar." E o tempo foi passando e eu fui de novo lá: "Painho, assim não dá." "Você vai à casa dele", Painho me prometeu. Disse que isso não ia demorar. Quantos pentelhos terei de resgatar do fundo do cesto para que isso aconteça?

[Maria vê girar dentro das máquinas vestígios de bostas secas]

O pior foi quando numa sexta-feira, Maria, a maldita apareceu. A namorada azeda. Veio deixar a trouxa dele e as calcinhas dela. De morango. Fui ao centro e gastei mais dinheiro. Comprei calcinhas iguais. Apertadinhas. De tudo que é frutinha. O que ela está pensando? Se sou eu, euzinha, a única que cuida dos seus lençóis e das suas fronhas. Sonho com os seus sonhos. E durmo. Que susto! Era ele no telefone. "Você poderia trazer o meu paletó? Aqui no apartamento? Estou sem tempo." Maria, para você ver como é a vida. Pura persistência! Não tem essa de achar que não se pode misturar. Todo mundo acaba por girar na mesma espuma funda. Corri para a rua. Retoquei o batom. Feito puta. Ele prometeu uma gorjeta. Se eu lá fosse. E subisse. Eu tenho de subir. Se o porteiro não me deixasse, haveria morte. Eu pularia no seu cangote, rasgaria o seu bigode. Não foi preciso. Entro no elevador como quem entra no futuro. Não mais pela porta de serviço. Bem que o Painho adivinhou. Era para ser de verdade, Maria, este nosso amor.

[Maria desaparece entre os cestos de calças enxaguadas]

Chamei. Ele veio atender. Não era ele... Um careca, ora essa. Engano. "Aqui, querida." No mesmo corredor, na porta em frente, esperava-me o senhor da minha vida. "Ó o paletó", eu disse, imperiosa. Ele agradeceu e me deu (devolveu) dez reais. Calculei: agora, só me deve quarenta. Ora, ele que não pense que as coisas eternamente vão ficar assim. Neste chove não molha. Pedi água. Suei, falei que não estava me sentindo bem. E desmaiei. Isso o que você ouviu, Maria. Desmaiei. Despenquei feito vento quando bate numa pétala. Simulei. Vi quando ele me despejou no sofá. Trouxe lencinho engomado e álcool. Feito um pai preocupado. Meu marido velho, para todo o sempre. Fui acordando, brotando displicentemente. "Melhorou?"

Eu pedi para descansar um pouco ali, no conforto. Almofadas cheirando a sabão de coco. Enquanto ele vestia, no quarto, o seu paletó. Meu trabalhador. Eu me senti a sua esposa àquela sala. Indisposta. Quem sabe, grávida? De propósito, cerrei os olhos. Até que ele veio e me chamou. Bem de perto, outra vez. "Melhorou?" Eu não aguentei e puxei o seu corpo pela gravata. Com a cara mais lavada, sabe o que eu fiz? Maria, eu sou doida. Dei-lhe um beijo desentupidor.

[Maria cheirou o fundo das cuecas e viu que ainda havia vestígio de merda]

O mundo virou um ralo só. Nós dois, a partir daquele dia, fomos sugados pelo mesmo destino. Quem diria? Escute bem, Maria. Se hoje é você quem lava as roupas dos outros, e até cuida das sujeiras do meu marido, amanhã, mulher, acredita, você pode ser a dona da lavanderia.

[Maria e nenhuma palavra entre as porradas das máquinas pesadas]

OS ATORES

A última cena é assim: ele tira o revólver da gaveta, dispara à queima-roupa. E eu caio. Como um rei cairia. Ou a Petra. Ou a Phedra. Depois, Leocádio sopra um monólogo sem fim. E chora e ri. As cortinas fecham o espetáculo.
E voltamos abraçados para os aplausos.

Mas, desta vez, eu não voltarei.

Explico: hoje, preparo a arma. A munição. Colocarei duas balas de verdade, para não dar erro. Nem branco. Para não haver chance de eu me levantar.

Leocádio, o ator, não vai acreditar. Tudo farei por amor a ele. E ódio. Sei que é dramático. Mas eis no que me transformei: um velho cansado deste faz de conta. Meu coração não aguenta mais maquiagens. E luzes azuis.
E ribaltas.

Chega uma hora em que a gente quer ir embora.

Pois bem: a ocasião é esta, perfeita. Morrerei para o público ver.

Minha melhor interpretação. No chão, na poça.

Na merda.

Porque me apaixonei por Leocádio. Ele, o mais jovem da companhia. E o que faz mais sucesso. Digo: com as garotas e os garotos. Está cotado para uma novela. E para alguns comerciais.

Lembro: quando chegou a este camarim, queria me conhecer de perto. Suguei do seu perfume. E os músculos abertos. E o seu jeito de perguntar. De querer saber como é o Olimpo. Você é meu monstro sagrado.

Eu?

Sim, você, Fernando Cabral, meu ator preferido. Meu ídolo, essas coisas. O nome dele era Leon Rosas. Mas eu gosto mais de Leocádio Rosas. Porque fica com jeito de leão. Velho. E já fiquei imaginando as falas dos amigos de teatro. Oh! Viu? Não viu? Bofe bonito o amiguinho do Fernando. Sarado. Puta que pariu! Uma história de amor.

E tragédia.

Ela, começada àquela mesma noite em que cheguei em casa. E não tirei o sonho do pensamento. Indo e voltando. Decorando as luzes do meu quarto. No travesseiro, o seu cheiro. A sua energia. Faz tempo — desde que morreu meu companheiro — não acendia em mim esse desejo.

Febril e vírus.

Medo e arrepio.

No outro dia, ele me ligou e fomos juntos a uma estreia. Seria nossa primeira vez em público. Senhoras e senhores: Fernando & Leocádio. Um texto cheio de ciúmes e loucura. Brigas em mesas de bar. Arranhões de copo. Tentativas de suicídio.

Ele fazia de mim o que não queria e queria. Porque sabia que o meu corpo era fraco. Sessentão. E era tentadora a tentação. Quando a minha língua cruzava as suas coxas. E encontrava um pau diferentemente. Gigante. Adentrando a minha vida. Primitiva. Gruta grega.

Eu, dono de uma falência dionisíaca.

Frequentamos festas, premiações e coquetéis. Marquei uns testes com ele. Prometi-lhe uma figuração. Para começar. É só entrar com seu corpo e sua bandeja. E falar: boa noite, Nossa Senhora. Flores para Genet. Meu anjo bonito. E meteórico. Tinha futuro, sim.

Na confusão de pensão, veio morar comigo. E pesquisava em meus livros. E ouvíamos recitais. E trabalhou a impostação. Foi ganhando espaço. Não faltava a nenhum ensaio. Sempre grudado no meu umbigo, para cima e para baixo. Deixou que eu fizesse com ele os melhores papéis.

Até que foram surgindo outras peças. Para o jogo. De montagens perigosas somos feitos, ou não? O revólver, desarmado, ali em minhas mãos, parecia um osso quebrado. Meti as duas balas lá para dentro. Com cuidado, fechei a culatra. Envernizei o objeto de cena. Fui até o cenário, ainda escuro. Coloquei-o na gaveta.

E o revólver? Leocádio veio me perguntar. Está tudo no seu lugar. Eu disse, seco.

Na noite em que o contrarregra esqueceu, tivemos que resolver no dedo.

Pá, pá.

Mas hoje ele está seguro. O revólver. Para a última cena, enfim. Colocaremos um ponto nesta palhaçada. Da minha cara no espelho escorre uma lágrima derretida e humilhada. Virei um verme. Um rato. Não me reconheço pela madrugada, esperando o Leocádio chegar. Faminto. Enrolando cigarro. Dizendo que foi por aí. Orgulhoso porque foi convidado para trabalhar com o diretor Mário Alberto Vásquez. Ou: contracenarei com Paulo de Tharso. Assim que terminar a nossa temporada. De sucesso.

O nosso texto é muito bom. Dois personagens que se amam. Um velho e um michê. Está na hora de a gente fazer este casal. Meio Petra. Meio Phedra. Ou: Garbo. Saudades dos nossos exercícios. E laboratórios. Discutíamos deixas e ganchos e figurinos.

Com esta jaqueta, você fica mais real, Leocádio. Na hora da sua morte, por que você não usa essas pantufas, Fernando? E esse roupão de banho?

Era minha a direção. E as marcações do tipo: você esqueceu a fala. Ou: o sentimento. Solte o ombro. Era, pois, a minha maneira de dominá-lo. De tê-lo ainda sob controle.

Quanta ilusão!

Desde quando o vi, dentro do meu olho àquele dia. Para sempre. Escuro. Quem é ator sabe o tempo que dura a escuridão. Segundos antes de o espetáculo acontecer. Essa sombra que é. Escondida. Aflita. Nas coxias, por trás das cortinas se abrindo. Um mundo no início do mundo. Reagindo, reagindo. Abrindo, abrindo. O fim para outro fim.

O espetáculo começou. Sem clima.

Sem ritmo, exagerei nos passos. Nos movimentos pesados. Nas frases que decorei. Não dialoguei.

Projetei todas as dores do mundo em volta. Do amor. Ah! Meu querido, adeus. Haveremos de nos reencontrar, um dia, perto de alguma estrela. Pirandelliana. Beckettiana. Shakespeariana. Ionesca.

E se o tiro falhar?

Em teatro do absurdo, tudo pode acontecer.
Porra! Congelei. Por um instante pensei.
Enquanto a hora se aproximava. A última:
em que Leocádio abrirá a gaveta, apontará
a arma e tudo virará pólvora, gemido e susto.

Não tive dúvida e me adiantei.
Derramei-me à sua frente e ele não entendeu.
Por quê? Perguntou: ficou doido? Reclamou
no meu ouvido. O que é isso? Eu mesmo abri
a gaveta. Leocádio Rosas, hein, agora
o que faria?

Bem que ele vinha dizendo: você está
ficando caduco. Doido. Este seu corpo
amolecido, esta sua língua sem vida.
Não preciso mais de você. Ator de bosta.
Esta cena é minha. Desgraçado! Não estava
no texto, previsto, aquele meu grito de bicho.
O meu choro de monstro sagrado.
Nem a beleza daquele improviso.

Para susto geral da plateia, fui eu que apontei
o revólver para o seu peito.

Fui eu que apertei o gatilho.

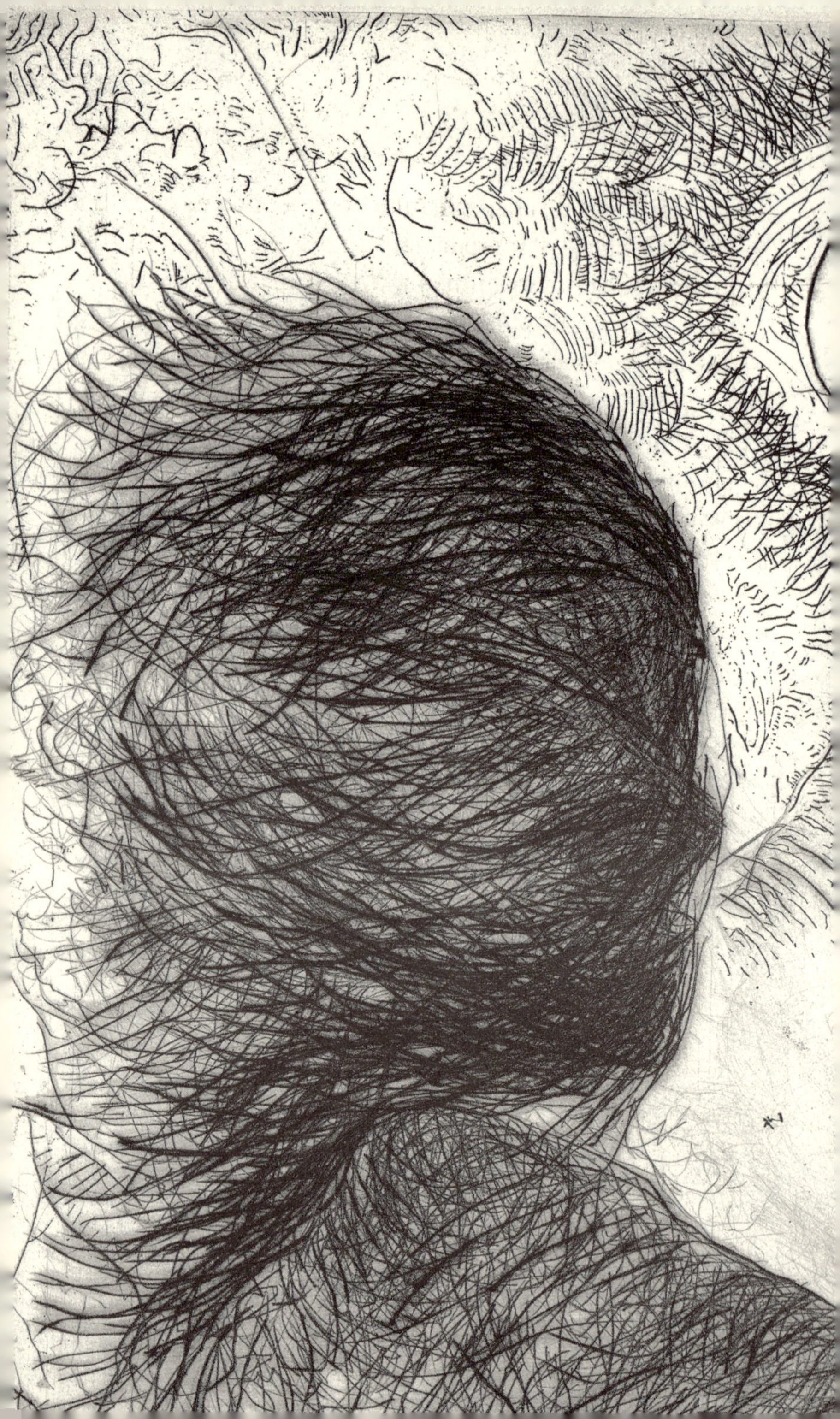

AMOR CRISTÃO

Amor é a mordida de um cachorro pitbull que levou a coxa da Laurinha e a bochecha do Felipe. Amor que não larga. Na raça. Amor que pesa uma tonelada. Amor que deixa. Como todo grande amor. A sua marca.

Amor é o tiro que deram no peito do filho da dona Madalena. E o peito do menino ficou parecendo uma flor. Até a polícia chegar e levar tudo embora. Demorou. Amor que mata.
Amor que não tem pena.

Amor é você esconder a arma em um buquê de rosas. E oferecer ao primeiro que aparecer. De carro importado. De vidro fumê. Nada de beijo.
Amor é dar um tiro no ente querido
se ele tentar correr.

Amor é o bife acebolado que a minha mulher fez para aquele pentelho comer. Filhinho de papai lá no cativeiro. Por mim ele morria seco. Mas sabe como é. Coração de mãe não gosta de ver ninguém sofrer.

Amor é o que passa na televisão. Bomba no Iraque. Discussão de reconstrução. Pois é. Só o amor constrói. Edifícios. Condomínios fechados. E bancos. O amor invade. O amor é também o nosso plano de ocupação.

Amor que liberta. Meu irmão. Amor que sobe. Desce o morro. Amor que toma a praça. Amor que de repente nos assalta. Sem explicação.

Amor salvador. Cristo mesmo quem nos ensinou. Se não houver sangue. Meu Filho. Não é amor.

CHÁ

Piorou. Hã? Piorou. Hum? Pirou, pirou. Xaropou. Não diz coisa. Com coisa. A bolacha. Nada com nada. Coitado! Hã? Coitado! Fulminante. Deu derrame. A bolacha. Passa. Ficou caduquinho. Tira a roupa. O quê? Não estou ouvindo. Dizem que fica nuzinho. Nu? Nuzinho. Hum, hum. Deve ficar uma graça. Nuzinho. Só tem osso. De quê? Camomila. Hã? Não ouço. Ca-mo-mi-la. Obrigado. É a vida. É a vida. E o que disse o neto? Vovô não volta. Hum? Não tem melhora. E agora? A manteiga. Está bom, está bom. Chega. Um pouco quente. De repente, não foi? Foi. De repente. Pode acontecer com qualquer. Hum, hã? Passa a colher. Pois é. Torta. A língua caída. Molenga. Lembra do outro? Lembra? Biscoito fino. Quando viu já estava morto. Pimba! Pumba! Com a cara no chão. A bruxa anda solta. Meu Deus! O quê? Eu disse que a bruxa anda solta. Lá vem ela.

Hum, hum. Hoje vamos fazer uma homenagem. Mais alto. Uma homenagem. O discurso de sempre. Argh! Nem morreu. Amigos. Hum, hum. E nhec, nhec. Amém. Plec. É possível que ele não resista. Não resista. Bla-blá. Já não estava lá essas coisas. Lembra? Hã? Lembro. Mais um pouco. Obrigado. Não reconhece ninguém. Nunca foi o forte dele. O quê? Nunca foi o forte dele. Reconhecer. É. Hum. Sei que não é hora. Isso não é hora. De falar de boca cheia. Hã, hein? Rezemos. Agora mais essa. Lá vem ela. Pai-Nosso. Nunca foi um santo. Santificado seja o vosso nome. Ateu. Silêncio. Parece que nunca leu o que ele escreveu. Hã? O pão nosso de cada dia nos dai. Flump. Vapt. Hum. Hum. Nhec. De quê? Hã? Frutas vermelhas. Fru-tas ver-me-lhas. Não tem jasmim? É o fim. Agradecido. É o fim. E o doce? O que é que tem? Cadê o docinho? Nhec, nhem, nhum. E o que mais? Xiii. Mija em tudo que é lugar. Eu disse que ele mija em tudo que é lugar. Triste. O neto disse também. Hã, hein? O neto disse também que ele está tão mal. Mas tão mal que anda comendo. Posso falar? O quê? Pirou. Hum, hum.

Excremento. Como? Cocô. Como? Torcilhão. Argh! Veja bem. Não é coisa de falar à mesa, uma indelicadeza. Eu avisei. O quê? Eu avisei. Avisou? Rã. Coitado! Que coisa! Meu Deus! De que é? Fios de ovo. Uma delícia, delícia. Obrigado. Esse não vai longe. Não vai. O guardanapo voou. Meu guardanapo voou. Aqui, ó. Voou. Agora deu para ver fantasmas. O quê? Agora ele deu para ver fantasmas. Fantasmas? Espectros. Fica apontando para o teto. Machado, Machado, Machado. Fica chamando pelo Machado. O outro pelos anjos do Augusto. Lembra? Credo! Sei não. Desta semana ele não passa. Não passa. Uma pena! Lamentável! Vai deixar uma grande obra. O quê? Eu disse que ele vai deixar uma grande obra. É. No meio do caminho tinha uma minhoca. E agora? Hã? E agora, o que a gente vai fazer? Comer. Hum, hum. E beber. O que tem de gente querendo entrar. É. Criticam, criticam. Mas querem participar. Hã? Deste nosso chá. De quê? De rosas. Chá de quê? De rosas. Todo mundo já está de olho na cadeira dele. Na cadeira dele. O quê? Eu disse cadeira de rodas.

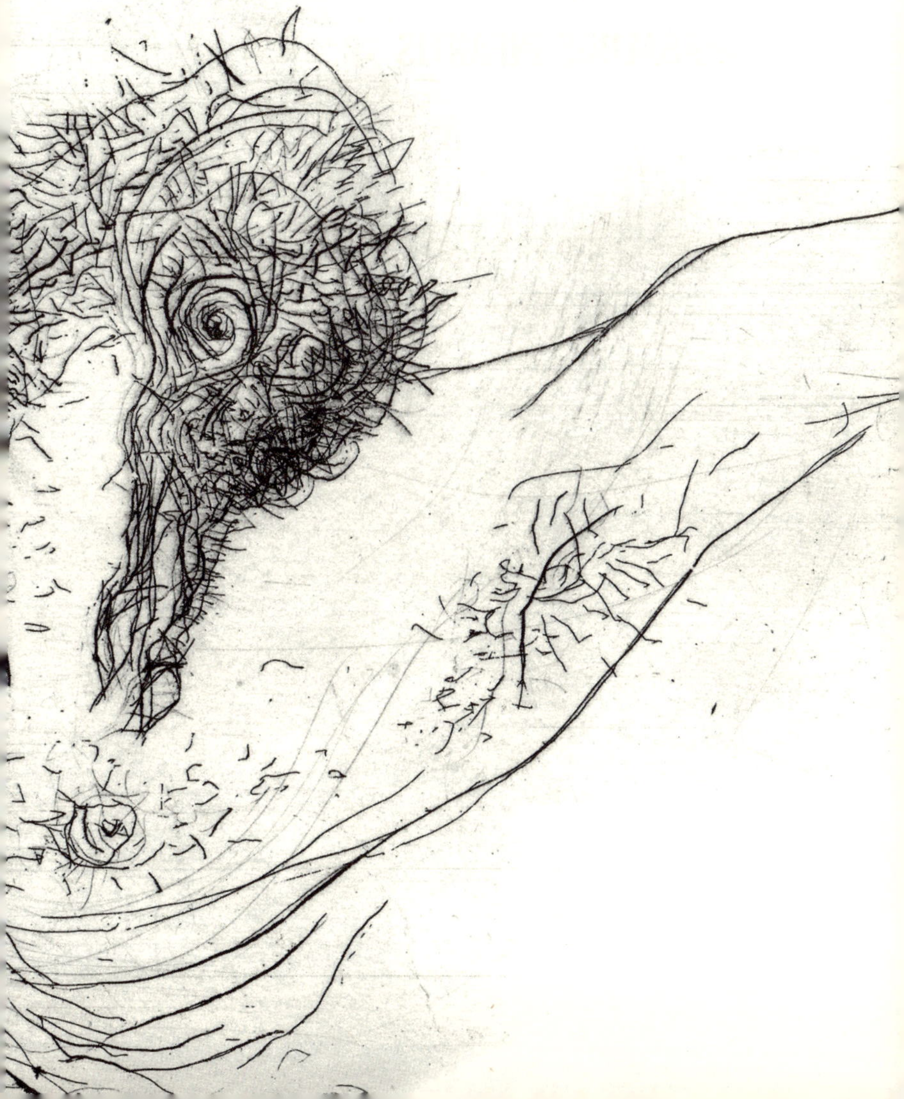

TRABALHOS INFANTIS

O trabalho da criança é subir em árvore.

Subtrair galhos e frutos.

Plantar sementes quando cisca.

O trabalho da criança é contar as nuvens. Para onde vão? Calcular o vento para as pipas.

O trabalho da criança não está na colheita de carvão.

É uma máscara.

A criança vira um monstro. Um bicho-papão.

O trabalho da criança não tem gravatas.

Favor não vestir uma criança como se vestisse gente morta.

O trabalho da criança é fazer de conta que já morreu. O trabalho da criança é uma estátua.

Pode ser um pombo.

O trabalho da criança é sujar as paredes da casa. Encher as mãos de mágica.

O trabalho da criança é desenhar.

Encontrar um labirinto para sair de lá.

O trabalho da criança é encher de água os dedos do pé. E, se quiser, pular o corpo na lama.

O trabalho da criança é artesanal.

Fazer buracos, uma casa para os bichos.

O trabalho da criança são os bichos.

Dar banho nas girafas, alisar os cabelos do cavalo. Visitar as formigas.

Cavar, cavar.

O trabalho da criança é a de um agricultor sadio. Sem agrotóxico. Lavrador sem veneno.

Vamos fazer a colheita, vamos. Olhar o sol até cegar.

O trabalho da criança não está no futuro. Não tem estatísticas. É fazer o quintal de escola.

O trabalho da criança não é útil.

A criança é devagar. Mesmo quando se sacode. O trabalho da criança é o tempo que dá.

A criança, quando acorda, tudo acorda à sua volta.

O trabalho da criança é ficar na cama. É não saber para que serve um relógio. É um trabalho justo.

O trabalho da criança é um trabalho confiante.

A criança acredita em tudo.

O trabalho da criança é cheio de fé.

Escalar um muro, pular o portão dos cemitérios. É respeitar os parceiros imaginários.

O trabalho da criança é resolver o problema de outras crianças.

Um trabalho coletivo.

Não é um trabalho adulto o trabalho da criança. Não tem a ver com edifícios.

O trabalho da criança não é comercial.

Nunca ensine uma criança a contar moedas.

O trabalho da criança é colecionar tampas de garrafa. Fichas velhas. Vinis e pilhas.

Vassouras.

O trabalho da criança é prático.

Não é teórico.

Não pergunte para uma criança sobre bolsa de valores. Quando ouve falar sobre economia a criança engordura-se.

Nenhuma criança é um chocolate.

Nenhuma criança sabe o sapato que usa.

O trabalho da criança está no chão.

Por isso a criança se entende com os mendigos. A criança pode, por exemplo, colocar o prato na rua. Ou comer ao lado das formigas.

O trabalho da criança é um trabalho de formiga.

A criança quer ajudar o próximo.

O trabalho da criança não é a esperança.

É o tato.

O contato.

Criança de mão dada com outra criança. Todos os sexos ela tem quando dança. Lança uma ciranda de afetos.

Um trabalho circular.

No esconde-esconde ora quer se mostrar.

Ora invisível.

O trabalho da criança é invisível. Ninguém nota. A criança no farol ao sol pode morrer.

A criança não quer vender nada.

Toda criança é solidária.

E solitária quando busca o canto de uma sala. No centro de um escritório.

A criança rasga papéis.

A criança picota.

A criança gosta de cartolina e de escola. O trabalho da criança não tem nada a ver com o trabalho de escola.

O trabalho é livre.

Sem lição.

O trabalho da criança não quer receber nota.

A criança não passa de ano. A criança é só um tempo presente. A criança não faz previsões aritméticas.

O trabalho da criança é fazer acontecer.

Um fenômeno.

A criança é quem põe fogo no vulcão.

A criança é um meteoro.

O trabalho da criança é evitar catástrofes naturais. É só a criança fazer uma pergunta e o mundo adulto sofre abalos sísmicos.

O trabalho da criança é um mundo filosófico, só isso.

E tem mais: tenta não se fechar em uma única ideia.

O trabalho da criança requer dinâmica. Descompromisso. É um trabalho que mal começou. Não está a fim de apresentar resultados.

Não sabe dizer sobre os índices atuais de desemprego.

O trabalho da criança é preencher todas as vagas.

Não pode ver uma cadeira, senta.

Um tamborete, sobe.

Um balanço, pende.

O trabalho da criança é uma diversão. Não humilha ninguém. Sempre está de sorriso flutuante.

Aceso.

O corpo vive girando.

O trabalho da criança não vai para a frente. É um poeta. Uma poeta. O trabalho da criança jamais sabe para que serve. Não é administrativo. Não há nele ativos e passivos.

O trabalho da criança é de uma outra esfera.

Não se espera nada do trabalho da criança.

Ela passa dias mexendo em uma primeira pedra. Em um trabalho lento e incomunicável.

O trabalho da criança não visa à aposentadoria.

Não paga prestação, não tem seguro.

O trabalho da criança é atirar pedras.

É perder os lucros.

Não venha dizer o que ela tem de fazer. O trabalho da criança é a construção corporal de uma flecha.

É um rio.

É dormir.

É uma rede para balançar.

O trabalho da criança é lançar um olhar, dizer uma coisa qualquer. Não há lógica possível.

Não espera o final do mês.

Não pede férias.

Mesmo quando está com muita coisa para fazer a criança não faz. Ou faz o que der.

O trabalho da criança está em greve.

Chora quando outra criança chora.

Esperneia e cresce. A criança sabe quando um adulto já não tem mais jeito.

O trabalho da criança é fazer renascer os adultos.

Os avôs aposentados.

As avós esquecidas.

O trabalho da criança é costurar todo mundo em um só tapete voador.

O trabalho da criança é manobrar as atmosferas.

É apontar um caminho que não estava no mapa. É ir e não partir.

O trabalho da criança é um transporte público. Sem o público. É uma espécie de maquinário de trem. Sem o maquinário.

O trabalho da criança acontece no improviso.

Não tem a obrigação de ficar todo o tempo no mesmo rolo. Batendo na mesma tecla. É comum que abandone as fábricas que criou, a parede que levantou já era.

O trabalho da criança não acaba.

Mesmo quando não se é mais criança. O trabalho da criança é se guardar. Feito uma memória antiga que vem nos visitar. Na virada da noite. Na época da ponderação. Quando se vira patrão. Ou o dono da festa. A criança voltará. Em algum momento pousará em nossa cólera. A criança que fomos.

O trabalho da criança é o trabalho de nossos sonhos.

*

AVISO AOS ADULTOS: nenhuma criança deverá sofrer por pouco-caso dos responsáveis ou do governo, nem por crueldade e exploração. EM TEMPO: nenhuma criança deverá trabalhar antes da idade mínima, nem será levada a fazer atividades que prejudiquem sua saúde, educação e desenvolvimento.

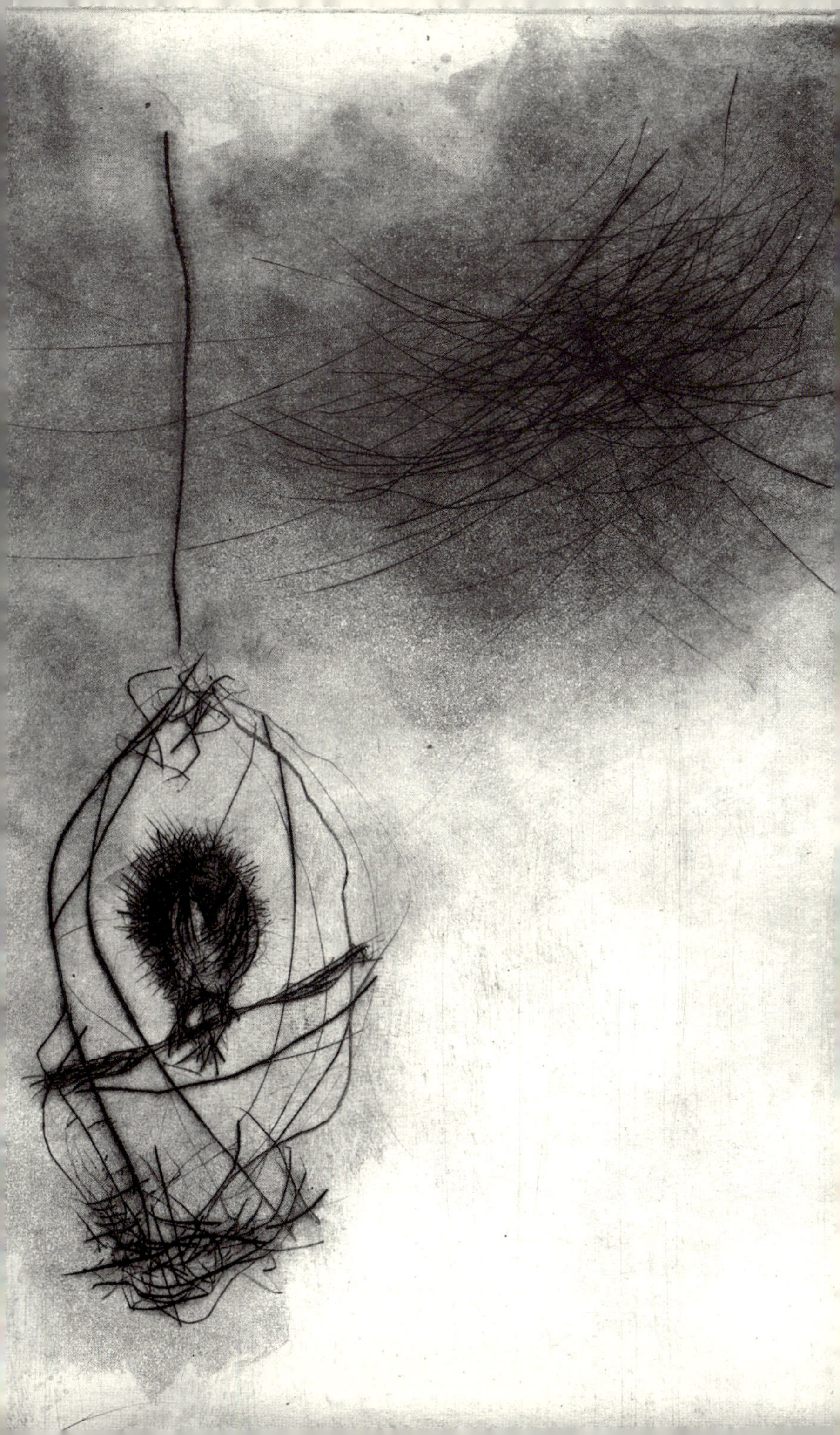

AMIGO DO REI

O menino era poeta. Não era atleta, não era. Minguado, magrinho. O pai olhava para ele. Chuta. E o menino chutava o vento e caía de bunda. Meu Deus! O pai, logo ele, corintiano roxo. O menino nem aí. Gostava era do azul da nuvem. Do verde-rosa. De ouvir o barulho da chuva. Correr atrás de passarinho. Bosta de vaca. Cheiro de lagartixa. Chuta. O menino aéreo. Chuta. Cadê a força física?

Levou o menino ao médico. Tudo normal. Normal, doutor? Jura? Todo menino gosta de bola. Ele nem sequer olha. Não dá a mínima bola, entende? Oh! O que vai ser dele quando crescer? Resolveu perguntar. Hein? O menino sorriu. Vou ser poeta.

Agora mais essa. A mãe falou. Pelé não é compositor? Hã? E o Garrincha? O que tem o Garrincha? Era casado com a Elza Soares, não era? O que tem a ver? Sei lá. Mundo artístico é tudo igual. Mundo artístico? O pai ficou matutando, matutando.

Bicha. É isso. Meu Deus! Gritou ele. Meu filho vai ser bicha. Credo!

Ficou a noite todinha olhando a alma pregada no teto. Não pode ser. Rezou, chorou. O menino é menina. Ah! Isso não vai ficar assim. Vou treinar o condenado. Vou salvar o moleque.

O que não vou aguentar é vizinho falando de mim. Veja o filho do Dagoberto. Um craque. Aquele sim, promete. O meu, uma tragédia. Nada que não se resolva na raça. No peito. É só mudar de campo. De tática, entende? Chamar o técnico. O negócio é não ter medo. Não podemos ter medo. Viu? Somos ou não somos pentacampeões, o Brasil?

Um, dois, três, quatro. Um, dois, três, quatro. O menino parava de correr e vomitava. O quê? Exorcismo. Não disse? O diabo. A gente tira essa coisa do corpo dele, sim. Ave-Maria, cheia de graça. Assim na terra como na terra. Vamos, danado. Um, dois, três, quatro. Chuta.

E o menino ia lá, tão atrapalhado que se atrapalhava. De pernas para o ar, parecia querer dançar. Dançar? Eu não vou deixar. Eu Bailarino? Assim já é demais. A mãe falou. Mas Pelé não era um bailarino? Hã? E o Garrincha? Aquela ginga. Nunca, nunquinha. Levaria o menino, no final de semana, para o estádio lotado. Ele precisava se acostumar.

Timão, timão! Quero ouvir você gritar. Hã? O menino parecia sonhar no meio da multidão. Sonora e colorida. Filho, eu quero que você ganhe dinheiro. Eu quero que você melhore a vida da gente. Está vendo aquele, ali em frente, de perna bamba? Vai ser vendido para o Barcelona. Aquele outro, para o Real Madrid. Esqueça essa coisa de poesia. É o fim.

Para que serve poesia? Quem colocou isso no seu juízo? Não acha bonito o futebol? O menino achava bonito, sim, mas não era o tipo de beleza que ele queria. Qual era? Como dizer? Não sabia. Sentimento é mesmo assim. Ninguém explica. Nenhum comentarista. Nem o Galvão Bueno. Vou escrever ao Galvão Bueno, disse o pai. Não. Pode ser pior. A audiência da Globo é maior. O povo todo vai ficar sabendo.

É. Já pensou?

Filho, a vida é cheia de rasteiras, explicou. Você ainda é um homenzinho pequeno. Precisa saber driblar. Feito o Ronaldinho Gaúcho. Quem? O Ronaldinho Gaúcho. É, o dentuço. Driblar. A vida está aqui, ouviu? Não no mundo da lua. A vida se joga na rua. Vamos. Um, dois, três, quatro. Um, dois, três, quatro. Você vai aprender. Eu sei. Não vai me decepcionar.

Mas eu quero ser poeta. Que inferno! Você sabe o que é ser um poeta? O que faz um poeta? Se fosse pelo menos um arquiteto. Um advogado. Um delegado de polícia. Que coisa mais esquisita! A mãe falou. Ele deve ter ouvido do professor. Da professora. Na televisão não passa essas coisas.

Vou lá na escola. E foi. A escola ficava ali perto. Hoje eu tiro a limpo. Eu é que não vou ficar jogando o destino do menino no lixo. Veja o filho do Dagoberto. Um luxo. Aquele sim, dá inveja. Aquele sim, tem futuro.

Bom dia.

Em vez de responder, o pai foi logo dizendo. Bola. Meu filho não gosta de bola. Procurou o senhor diretor. O que faço? Queria saber quem era o culpado. Nem a camisa que eu comprei ele veste. Foi à sala dos professores desabafar suas dores. Manuel Bandeira. Como é que é? A professora repetiu. Seu filho gosta do Manuel. Hã? Manuel Bandeira. Autor do "Vou-me embora pra Pasárgada", lembra?

O quê?

Recitou.

Falta, falta.

Alguma coisa pareceu apitar na sua cabeça. O pai amarelou. Ali mesmo desmaiou. Nem ouviu o final da história. Meu filho gosta de um outro menino. Falou para a mulher. E agora? Rezou, chorou. Um tal de Manuel, conhece? Eu não disse? Excomungado! Dar um desgosto desses. Veja o filho do Dagoberto. Esse, sim, será "amigo do rei". Hã? Algum verso que, sem querer, não sei, ficou na cabeça do pai, aporrinhando. Amanhã eu dou um jeito. Amanhã, amanhã. Eta noite demorada! Rebola daqui, rebola dali.

Quando a gente está aflito, é um jogo sem fim a madrugada.

Sem fim.

Um minutinho que dormiu, o pai sonhou com coisas muito feias. Jogadores, um em cima do outro, dentro dos vestiários. Meu Deus! Perigo na grande área. Na formação de barreiras. Um pesadelo! Eu mato esse menino.
Ah! Se mato. Que desgraça! Ele e esse tal de Manuel Bandeira. Suados e abraçados, em campo. Para todo mundo ver, quem diria?

Fazendo a alegria da torcida brasileira.

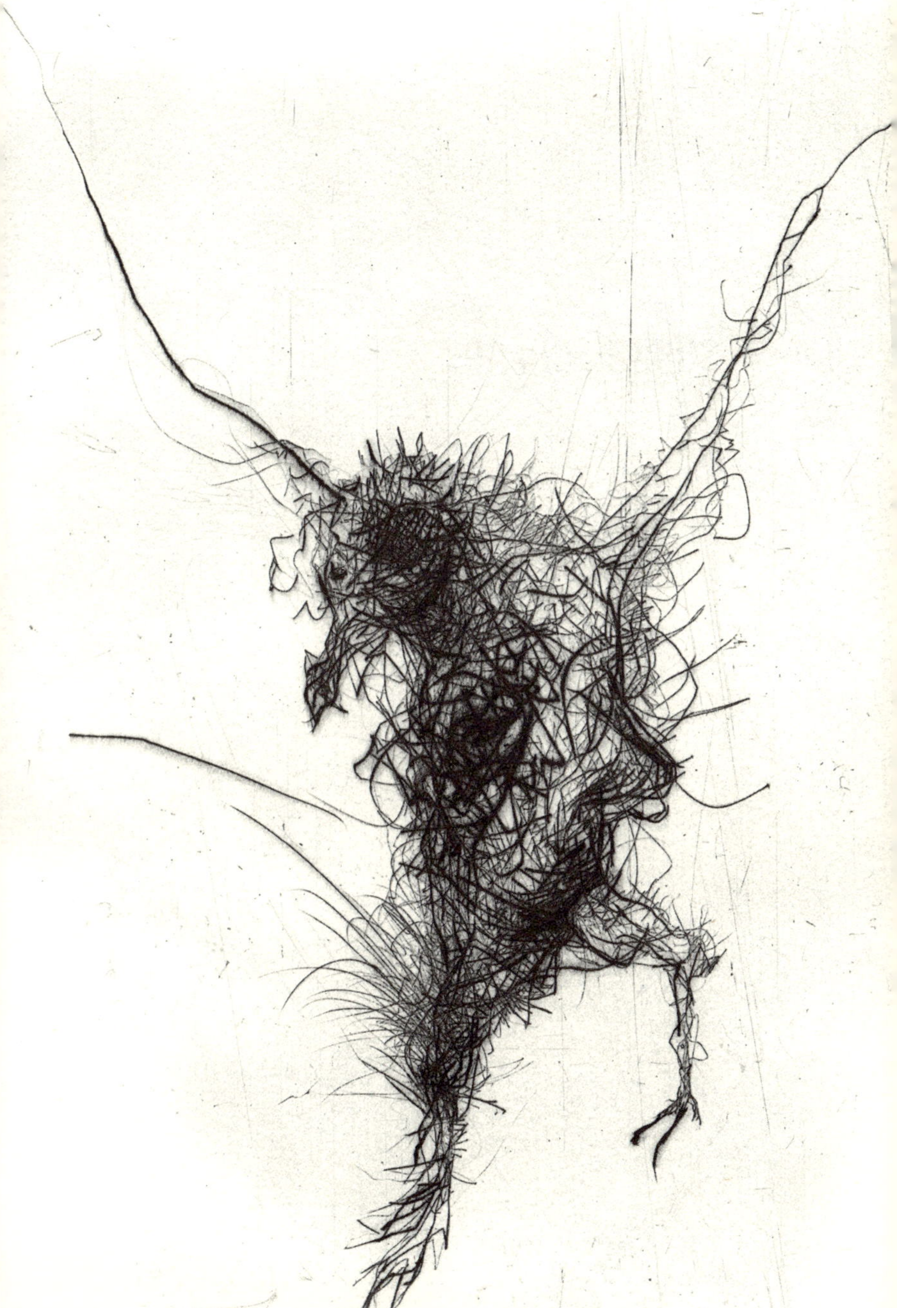

SINAL FECHADO

— O quê?

— A culpa é do carro.

— Hã?

— Do carro.

— A culpa é do carro?

— Sim, não vê?

— O quê?

— A Guerra na Arábia Saudita, na Cochinchina, sei lá. A culpa é do carro. Do combustível. Do petróleo. Do gás. Da gasolina.

— Agora mais essa...

— Da guerra. Sim, da guerra. Da carnificina. Por que é que eles brigam, meu caro? Por causa do carro. Entendeu? A roda nos fodeu. Antes a gente vivesse no tempo do jumento. Até o jumento virou moto. Não viu? Um dia saiu na televisão.

— Eu acho que você está ficando doido.

— A culpa é do carro, meu irmão.
Se eu estou ficando doido a culpa é dele.
Tenho respirado mal, não vê? A minha tosse
é por causa de quê? Essa ferrugem?
Essa fumaça no miolo? Não tem banho que
retire? E a bronquite?

— Você está exagerando.

— Eu, exagerando? Acho que o mundo
é que está sem controle. Desgovernado.
Furando esquinas, assaltos. Não vê os assaltos? A
arma em punho? Por causa de quê?
Do veículo. Isso, do veículo. Querem o conforto.
Todo mundo quer conforto, eu sempre digo.
Poltrona, entende? Cinto. Que segurança ele
nos dá? A morte é veloz. E a culpa é de quem? De
nós? Eu, hein?

— Eu acho que você não está girando bem.
Precisa tirar umas férias.

— Férias? Para não sair do lugar?
Só de imaginar o trânsito à beira do abismo,
a caminho do mar. Todo mundo quer sair.
E chegar. Fugir para ver o pôr do sol. Esquentar
o motor. Mostrar o seu valor. A culpa é do carro.

Esse sentimento que há. Sem sentimento. Aquilo que eu falei. E repito: a ostentação. Neguinho vindo desfilar a sua melhor marca. Acelerar na nossa cara. Baforadas e baforadas.
É ou não é do demônio essa invenção?

— Demônio, sei não, acho que você está possuído. Daqui a pouco vai sair gritando pela rua. Queimando ônibus.

— Olha aí: por que você acha que o pessoal queima ônibus, camburão, foguete? Eu sei. E explico: é porque querem atacar a cidade. Entende? Pela sua fina sensibilidade. É onde a sociedade dói. Fica assustada quando vê. Um monte de corpo queimado, lá dentro. No inferno. Gente carbonizada. Chamuscada. Tanto aqui como na França. Morre até criança. Culpa do carro. Do carro, do carro. Este monstro. O aquecimento global, de onde vem? O degelo? O fim da Amazônia, pensa bem.

— Juro. Estou ficando com medo deste seu discurso sem fim. Sei não. Você já procurou um psicólogo? Sua mãe, o que acha? Seu pai? Sua tia? Sua namorada?

— Acabei o namoro, não sabia?

— Com a Marília?

— É. Por causa do carro.

— Puta que pariu! Vai tomar no rabo. Você está me enchendo o saco.

— Foi o que a Marília me falou. Assim, na lata. Pô. Falou da potência. Achava a minha Brasília muito devagar. Quase parando. Tinha vergonha de entrar. Nem no estofamento me beijava. A gente não fazia amor. Por causa dele. Do carro, caralho! Faltava tesão para se jogar nos meus braços. Ela queria outro destino. Dizia que seu corpo nu, lindo, lindo, não combinava com pneu careca. Com o meu descuido. Esta minha vontade de mudar o mundo. Ela não entendeu, pô! Como você ainda não se ligou. O tanto que o carro está destruindo o ser humano. Já estamos, faz tempo, por um triz, na corda bamba, no meio-fio. Por causa de quem, me diz. Este meu coração que não bate bem.

— Chega, chega.

— Quem disse que adianta buzinar, hein? Não sabe? Não lembra? Não viu? Estamos no Brasil.

— Puta que pariu! Tá, tá, vou indo...

— Para onde? Não vê que está vermelho? Quem disse que o sinal abriu?

PONTO.COM.PONTO

Meu coração
Não sei por quê
Bate feliz quanto te vê
E os meus olhos
ficam sorrindo
E pelas ruas
vão te seguindo
Mas mesmo assim
Foges de mim

Marcamos neste terceiro banco à esquerda, perto do chafariz. Neste sol ensolarado, onde, qual luz? Terceiro banco, contei um, dois, três. À esquerda, perto do chafariz. À tarde. Marcamos e ela disse que conhecia bem o caminho. Perto da sua casa, pertinho. Do chafariz, os pingos. Escuto o sol. O caminho que faz. Também a água e os passarinhos. Terceiro banco, à esquerda, contei. Agora é esperar. Onde? Via internet. A gente se conheceu na rede. Dentro da tarde, distante dos carros. A avenida dentro da tarde, o parque. Neste sol de São Paulo, a cada passo. Esta dor. Um, dois, três. Pertinho. É só esperar. O seu perfume pular. Do seio para o meu nariz. E as cambalhotas que faz. Cada gota de suor. Escuto o sol. Os pingos. O barulho que faz. Dentro do parque. Daqui a pouquinho. Será a nossa primeira vez. Um, dois, três. Escuto os ponteiros. Já se foi uma hora. Dentro desta demora. Esta dor. Agora é esperar. O seu perfume. Onde, qual luz? Marcamos. Via internet. Neste terceiro banco, à esquerda. O meu peito ziguezagueia. Cada passo da cidade de São Paulo. Sinto. Ela não vem. Depois de tanto tempo. Um, dois, três. Marcamos o encontro. Dentro da tarde, neste terceiro banco. A gente vai ser feliz. Depois de tanto tempo, meu amor. No computador. Marcamos. Este encontro real. Nada virtual. O seu perfume. E as cambalhotas que faz. Esta dor. A cidade de

São Paulo. Onde tudo parece retardar. A vida leva tempo para chegar. Marcamos. Assim que ela sentar neste banco. Acordará o meu corpo. E existiremos. Dentro da tarde. Será a nossa primeira vez. Ela vem. E ela não vem. É sempre assim. Tudo caminha para o fim. Também a água e os passarinhos. Neste terceiro banco, perto do chafariz. Um, dois, três. À esquerda, pertinho. É ela. Não. É uma velha que vem. E senta. Não é ela. Esta dor. Onde tudo parece retardar. Quem você espera? Quer ajuda? Por que todo mundo acha que eu preciso de ajuda? Ora. A velha é velha. Pelo cheiro da urina. E pelo peso. Sinto. Quem você espera? Quer ajuda? Neste sol ensolarado. A velha quer puxar conversa. Quem você espera? Uma amiga. Virtual. Marcamos, via internet. Este encontro real. Sentirei o seu perfume. O meu peito ziguezagueia. Pestaneja sem sossego. Será nossa primeira vez. Um, dois, três. Ainda é cedo. Ela vem, eu sei. Ela virá. É a cidade de São Paulo. A vida leva tempo para chegar. Posso ajudar? Por que todo mundo acha que eu preciso de ajuda? Eu preciso que ela chegue. De sua casa, pertinho. Ela disse que

sabia o caminho. Marcamos. Neste terceiro
banco, perto do chafariz. Dentro do parque.
Longe da avenida. A velha cheira a urina. A velha
quer puxar conversa. Quase sem delicadeza.
É de nascença? Pergunta. Esta dor. Sinto.
O barulho da sua boca. Como pode?
Por que não chega? Depois de tanto tempo.
Dentro do parque. Um silêncio covarde.
Quase sem delicadeza. Sinto pelo peso.
A velha é velha. Ah! Se eu fosse um morcego!
Por que não me deram asas? Tudo em mim
é bailarino. Órbita que ri. Sem graça. Voaria,
dentro do parque. Sairia para outro destino.
Ela disse que conhecia o caminho. Pertinho.
Marcamos. É bem comum a pessoa marcar
e não ir. Quem você espera? Quer ajuda?
A velha quer puxar conversa. Onde, qual luz? Ela.
Dentro desta demora. Vou-me embora. Guiado
pela sombra. Longe do parque.
Até mais, meu filho. E boa sorte! Cego,
de volta à vida real. E a caminho da morte.

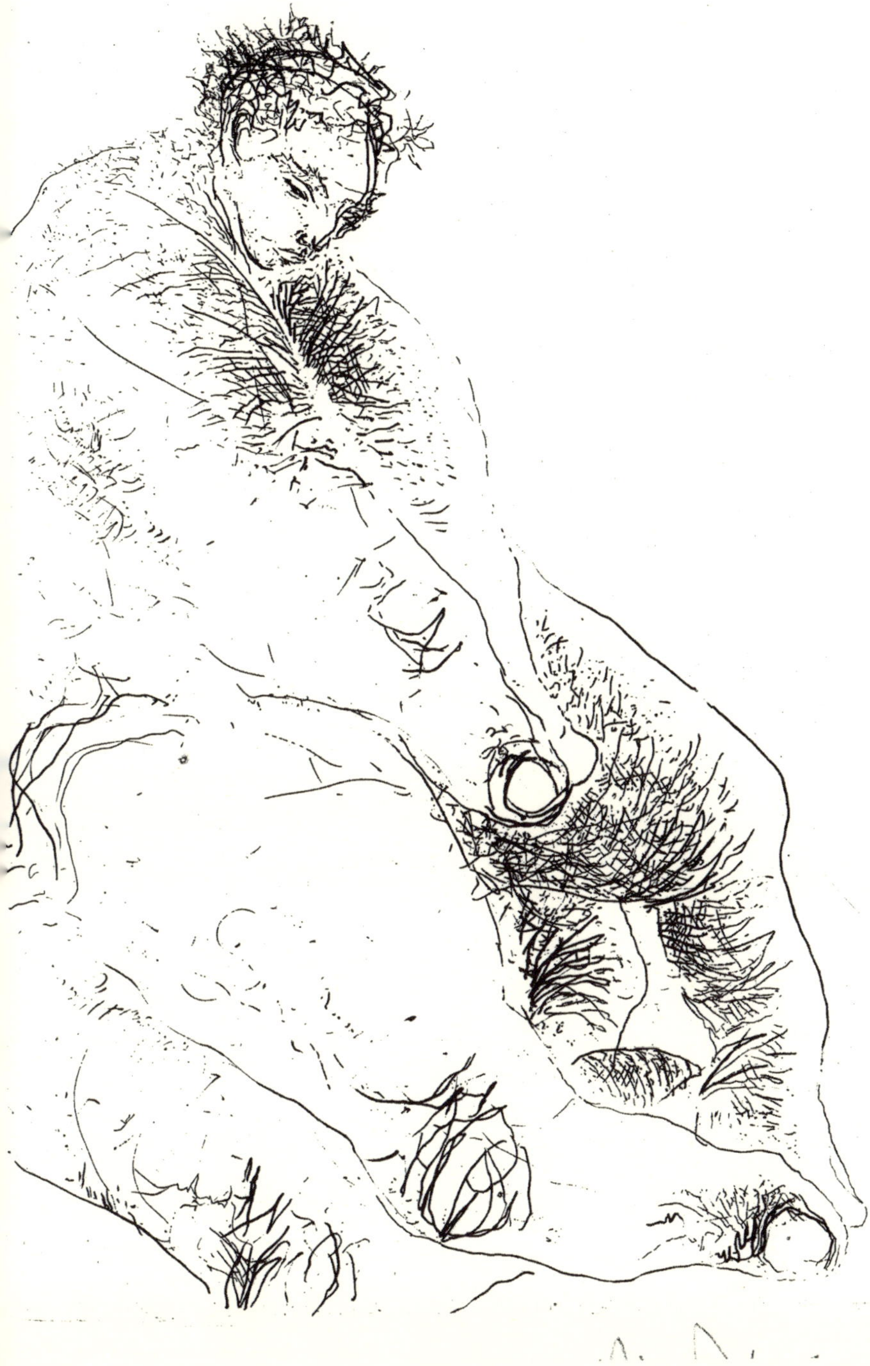

O FUTURO QUE ME ESPERA

Tenho saudades de Sertânia. Saudades de Catolé, Canindé. Saudades de Sairé. Saudades do batucajé. Do acarajé. De Nazaré da Mata.

Saudades do tumbança. Do papangu, do maracatu de lança. Saudades do Carnaval. Do fandango e da ciranda.

Do malungo. Saudades do maionga. Tenho saudades da Mãe Valéria. Saudades da macumba. Saudades de macauã. Da macaxeira-pacaré. Saudades do lelê ou lelelé.

Saudades do jurupari. Da jurema. Saudades do goiamum. Saudades do cramondongue. Saudades de Caruaru. Do ponche de caju.

Saudades da Princesa Magalona. Da piriprioca. Saudades da maloca. Do queijo coalho. Saudades da tapioca.

Saudades do quilombo. Da quimbanda.
Do reco-reco. Saudades da rapadura.
Saudades da meladura. Da moqueca.

Tenho saudades da pitomba. Da canjica.
Saudades da macambira. Saudades da
bodega. Saudades da pacaia. Da trepeça. Daquela
bangalafumenga. Saudades da banguela.

Daquela coisa brega. Chinfrim. Saudades
de Quixeramobim. De Paulo Afonso. Saudades
da pirraia. Do bruguelo. De dona Carminha
e seu Antônio. Do cobogó e da cocada.
Tenho saudades de uma noite de festa.

Mateus e Catirina. Do azul e do encarnado.
Saudades do canário. Do galo-de-campina.
Do boi-barroso. Do arco de pelouros.

Saudades da bernúncia. Saudades
da zabumba. Do Zé do Vale e Zé Pereira.
Do Zé Limeira. Saudades do violão e da viola.
Saudades da graviola. Pitanga, umbu.
Cajá, maracujá.

Saudades da Lia. Da lua de Itamaracá.
Saudades do Cariri, Sertão do Pajeú. Saudades
do açude. Do lodo da cachoeira. Saudades
da beleza pura. Da tardinha. Do pender do sol.

Saudades do amanhecer. Pra que pressa, pra quê? Saudades da tipoia. Barraca de folhas. Do trânsito de carros de boi. Da procissão que se foi. Maria vai com as outras.

Saudades de tantas coisas. Que eu costurei a mala, levantei as paredes da caixa. Disse olhando os prédios de São Paulo. E a fumaça. Vou-me embora agora mesmo, de hoje não passa. Aqui nunca foi a minha terra.

Saudades do futuro que me espera.

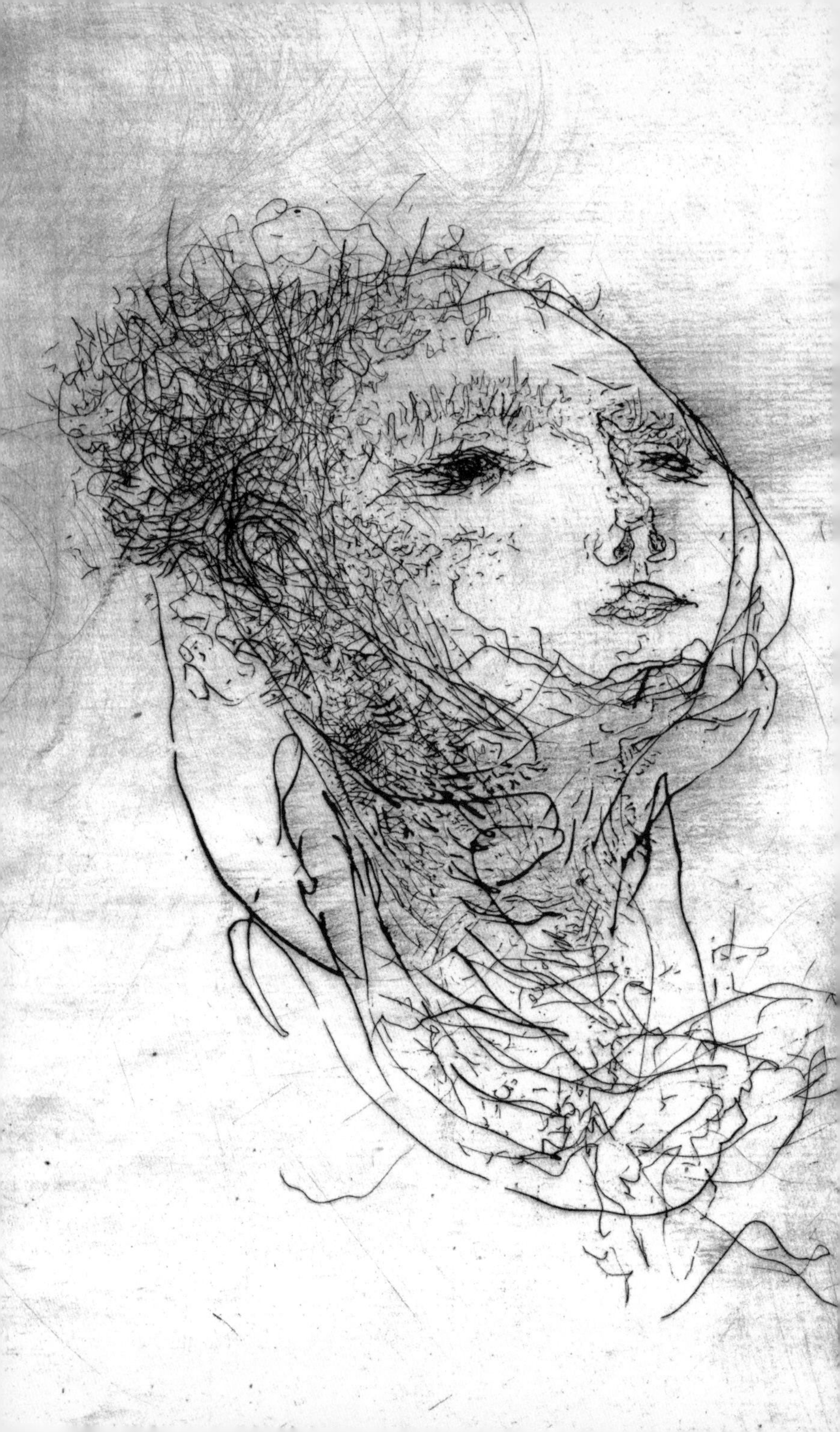

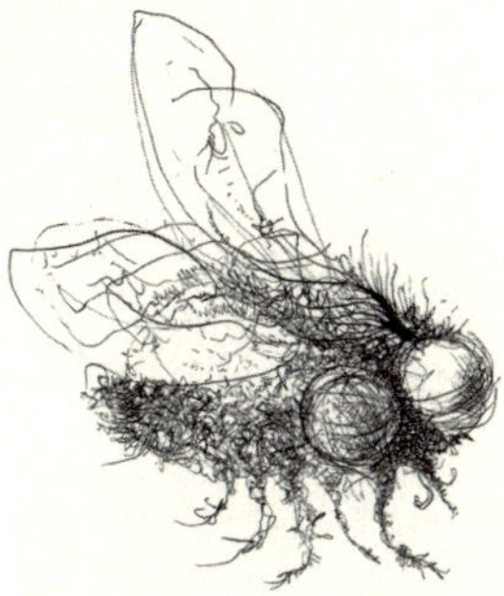

É o fim.

Não faço versos de guerra.
Não faço porque não sei.
Mas num torpedo-suicida
Darei de bom grado a vida
Na luta em que não lutei.

Manuel Bandeira

Agradecimento a
Ivan Lima e a João Alexandre Barbosa (sempre).
Plinio Martins e Silvana Zandomeni.
A Adrienne Myrtes
(de quem veio a luz para
o título deste livro),
Ana Paula Costa,
Hélio de Almeida,
José Roberto Bezerra e
Luciana Villas-Boas.
Ao mano e parceiro
Manu Maltez
e a Thereza Almeida.
Ofereço "Para Iemanjá"
a Fabiana Cozza,
Pe. Alfredo e Marcelo Mendonça.
"Os Atores"
a Ilza Cavalcanti (*in memoriam*)
e a todos os artistas da praça Roosevelt.
A epígrafe do "Ponto.com.ponto"
foi extraída da música
"Carinhoso", de Pixinguinha e João de Barro.

Manu Maltez nasceu em 1977
em São Paulo/SP. É desenhista,
gravador, músico e compositor.
Entre seus trabalhos na música estão
os CDs *As Neves do Kilimanjaro* (2006)
e *Esse Cavalo Morto no Jardim* (2009).
Com o livro *O corvo* (2010),
venceu os prêmios FNLIJ e Jabuti.
Para mais informações sobre o artista,
acesse @manumaltez.

Este livro foi composto na tipologia Utopia,
em corpo 11, e impresso em papel off-white 90g/m^2,
na gráfica Plena Print.